Charles, Donald
Calico Cat's exercise book

El libro de ejercicios de Gato Galano

escrito e ilustrado por Donald Charles

Traductora: Lada Kratky
Consultante: Orlando Martinez-Miller

CHILDRENS PRESS™

CHICAGO

Para Christina y Brandon

Library of Congress Cataloging in Publication Data

Charles, Donald.
  Calico cat's exercise book.

  Summary: Calico Cat demonstrates various
exercises to his class of mice.
  [1. Exercise—Fiction. 2. Cats—Fiction]
I. Title.
PZ7.C374Cam   1982   [E]   82-9640
ISBN 0-516-33457-3

El libro de ejercicios de Gato Galano

A Gato Galano
le gusta hacer ejercicio
todos los días.

Corre en un lugar.
Trota, trota, trota.

Uno, dos, uno, dos:
títeres.

Saltar la soga.

Inclínate y estírate.

14

Tócate los dedos de los pies.

Tuércete hacia la izquierda.
Tuércete hacia la derecha.

Brinca, brinca.

Rueda hacia la derecha.
Rueda hacia la izquierda.

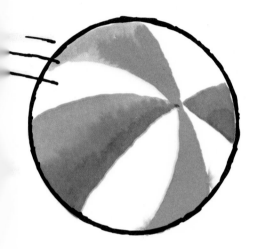

Tira.

Agarra.

Descansa.

Gato Galano se siente en buena condición física.

Gato Galano puede
hacer ejercicios.
¿Puedes tú?

Corre
Salta
Descanza
Inclínate
Estírate
Tócate los dedos de los pies
Tuércete
Brinca
Rueda
Tira
Agarra

SOBRE EL AUTOR/ARTISTA

Donald Charles empezó su larga carrera de artista y autor hace más de veinticinco años después de asistir a la universidad de California y la Art League School of California. Empezó escribiendo e ilustrando artículos para el *San Francisco Chronicle*, y también vendió caricaturas e ideas a las revistas *The New Yorker* y *Cosmopolitan*. Desde entonces, ha sido, en diferentes tiempos, estibador, vaquero, conductor de camión, y editor de un periódico semanal, todas experiencias que enriquecen a un autor y artista. Finalmente, llegó a ser director creativo de una agencia de publicidad, una posición que renunció hace varios años para dedicarse completamente a ilustrar libros y a escribir. El Sr. Charles ha recibido condecoraciones frecuentes de parte de sociedades gráficas, y su trabajo ha aparecido en numerosos libros de texto y revistas.